I0674888

Guare l'au, la bas

L'ÆNEIDE
TRAVESTIE.

LIVRE QVATRIESME.

CONTENANT

LES AMOVRS D'ÆNEE
ET DE DIDON.

CVRVATA RESVRGO

A PARIS,

Chez AVGVSTIN COVRBE', Au Palais,
en la falle des Merciers, à la Palme.

M. DC. XLIX.

AVEC PRIVILEGE DV ROY.

A
MADAME

* * * * *

ADAME,

Ie ne croy pas vous donner
beaucoup quand ie vous offre

cét ouurage ; ie ne le dis pas
feulement a caufe de fon peu
de valeur , mais par ce que
ce n'eſt que vous faire vn pre-
fent de voſtre bien. Ie le puis
a bon droict appeller voſtre,
puiſque vous eſtes caufe de fa
naiſſance,& que c'eſt voſtre feul
commandement qui me l'a fait
entreprendre & acheuer. Ce
n'a point eſté le defir d'acquerir
de la gloire, ni l'impatience de
m'ériger en Autheur, qui m'a
fait faire cette traduction : mais
feulement le defir de vous teſ-

moigner • par vne prompte
obeïſſance ce que vous auez
de pouuoir ſur moy ; & vous
ne le pouuiez mieux eſprouuer
qu'en m'ordonnant de tradui-
re, a quoy vous ſçauez que i'ay
vne ſi grande repugnance. Ie
l'ay fait neantmoins, & ne me
ſuis point ſeruy de la liberté
que donne ce ſtile, d'obmettre
pluſieurs choſes qui ſont diffi-
ciles a tourner agreablement.
I'ay ſuiuy aſſez ſcrupuleuſe-
ment mon Autheur, horſmis
en quelques digreſſions que

i'ay faites lors que l'humeur ſa-
tyrique m'en a dit, & i'eſtime
que s'il s'y trouue quelque beau-
té, c'eſt en conferant la copie
à l'original. Ie ne dis point cecy pour vous rendre cette piece plus recommandable , au
contraire ie croy que vous aués
ſujet de vous plaindre de ce que
ie n'ay pas reſpondu à voſtre
attente , ni atteint cette per-
fection que peut deſirer vn eſprit delicat comme le voſtre:
mais ſans doute vous conſide-
rerez, outre que ce n'eſt qu'vn
coup

coup d'effai, que ie n'ay pas dû
trauailler felon tout l'art & l'e-
xacte raifon, mais pluftoft felon
le caprice & la mode. Ce gen-
re d'efcrire qui nous eft venu
d'Italie en la compagnie des
pointes & du galimatias, fe fent
encore du libertinage de fon
origine ; il ne fera pas long-
temps foubz la difcipline du
Parnaffe François,qu'il deuien-
dra regulier & fcrupuleux :
Mais comme on ne peche
point auant que la loy foit efta-
blie,tant qu'il n'y aura point de

é

preceptes pour ce ſtile ; Il ſera
permis ainſi qu'on a deſia fait,
de choquer impunément la
Chronologie, l'Hiſtoire, le vray
ſemblable, la bienſeance, & meſme la raiſon & le ſens commun.
Il ſuffit à preſent de rimer & de
faire rire, & quand j'aurois dû
obſeruer quelque choſe dauantage, ie ne laiſſerois pas d'eſtre
ſatisfait de mon trauail, depuis
que i'ay appris qu'il vous auoit
agreé. Encore vous ne vous
eſtes pas contentée d'y trouuer voſtre ſatisfaction, vous

auez voulu auſſi faire part au
public du meſme diuertiſſe-
ment: Mais ie crains que vous
ne m'ayez jugé auec vne dou-
ceur que ie ne trouueray pas
dans tous les eſprits,& que l'im-
preſſion que vous auez deſiré
qu'on en fiſt , ne démente le
jugement que vous en auez
porté. Toutefois comme chacun fait de ſon bien ce qu'il luy
plaiſt , ie vous ay laiſſé diſpoſer
de cette piece qui eſt entiere-
ment voſtre. Cependant vous
ne craignez point qu'on m'ac-

cufe d'auoir eu le deſſein de nuire à celuy qui a entrepris deuant moy la traduction du meſme Poëme, comme feront infailliblement quelques enuieux. Mais ils auront tort d'en juger ainſi, & ie penſe que mon riual meſme (s'il m'eſt ainſi permis de le nommer) aura de contraires ſentimens. Ce n'eſt pas à dire qu'on luy ait couppé le chemin pour auoir eſté au deuant de lui. Ce fonds inépuiſable de belles penſées que luy fournit l'excellence de ſon eſ-

prit , luy pourront non ſeule-
ment faire atteindre, mais meſme deuancer ceux qui l'auront
precedé : & il aura des lumieres
toutes nouuelles, ou les autrès
auront crû n'auoir rien laiſſé à
dire. En tout cas il n'aura pas
plus de ſujet de ſe plaindre dé
moy que de IEAN-BAP-
TISTE LALLI Poëte Ita-
lien , qui a deſia traduit Virgile
en ſa langue & en vers burleſques ſoubz le meſme tiltre de
l'ÆNEIDE TRAVESTIE
apres quoy il n'y a pas lieu de

craindre aucune autre traduction, puis qu'il a mesme sur-
passé celle qui luy a serui de
modelle. Quant à moy si i'ay
failly en quelque chose,vous en
estes la premiere coupable; tant
pour m'auoir obligé à faire cette entreprise, que pour me l'a-
uoir fait acheuer auec trop
d'empressement. Cependant
ie m'en tiens à vostre approba-
tion,apres laquelle ie ne souhai-
te rien dauantage : C'est à vous
seule que ie voudrois iustifier
mes fautes, puisque ie n'ay eu

deſſein de plaire qu'à vous, & ſi cét ouurage eſt aſſez heureux pour m'acquerir l'honneur de vos bonnes graces , iamais trauail n'a eu vne plus belle re-compenſe; Ie ſuis

MADAME,

Voſtre tres-obeiſſant &
tres-affectionné ſeruiteur.
A. F.

EXTRAICT DV PRIVILEGE.
du Roy.

PAr grace & priuilege du Roy, donné à Paris le 7. Decembre 1648. Signé, Par le Roy en son Conseil, LE BRVN. Et scellé; Il est permis à l'Auheur du present Liure, de le faire Imprimer, vendre & debiter par tels Imprimeurs ou Libraires qu'il voudra choisir, pendant le temps & espace de cinq ans, à commencer du iour que ledit Liure sera acheué d'Imprimer pour la premiere fois; Et deffences sont faites à toutes personnes d'Imprimer ou faire Imprimer, vendre ny debiter ledit Liure, sans son exprez consentement, à peine de confiscation des exemplaires contre-faits & de trois mil liures d'amande : ainsi qu'il est contenu plus au long esdites lettres de priuilege.

Et ledit Autheur a permis à AVGVSTIN COVRBE' Marchand Libraire à Paris, de védre & debiter ledit Liure, suiuant l'accord fait entr'eux.

___

Acheué d'Imprimer, pour la premiere fois, le vingt-deuxiesme iour de Decembre mil six cens quarante huict.

Les exemplaires ont esté fournis.

L'ÆNEIDE
TRAVESTIE.

LIVRE QVATRIESME.

CONTENANT

LES AMOVRS D'ÆNEE
ET DE DIDON.

R est-il que Dame Didon
Qui faisoit nargue à Cupidon,
Et sembloit fort prude donzelle,
En auoit pourtant bien dans l'aisle,

A

Et couuoit des feux inteſtins
Qui luy rotiſſoient les boudins.
Elle eſtoit tant embabouïnée
Des hauts faits de Monſieur Ænée,
Que dans cette teſte à l'éuent,
Vuide de ſens le plus ſouuent,
Les penſers rouloient auſſi viſte
Que des pois dans vne marmite:
En vain pour diuertiſſemens
On luy faiſoit lire Romans,
Voir des ieux & des vers burleſques,
Peintures, & danſes groteſques;
Chaſſe-Ennuy meſme, & Tabarin
N'euſſent pas gueri ſon chagrin.
    Quand le lendemain de la veille,
L'Aurore riante & vermeille
Parut auec ſes beaux habits,
Qui ſont faits dit-on de rubis,
De ſafran, de perles, de roſes,
Comme on lit aux Metamorphoſes.
Ce fut lors qu'accoſta Didon
Sa ſœur qui ſe nommoit Nanon,

Def-ja faite à fon badinage,
Ce n'eftoit qu'vn mefme mefnage,
Et deux teftes en vn bonnet ;
Elle luy declara tout net
Son amour auec cette plainte.
  O Dieux ! ma fœur que i'ay de crainte,
Que ie fais de fonges cornus
Depuis que ces nouueaux venus
Ont efté iettez fur nos coftes!
Pourtant ce font de braues hoftes,
Sur tout Ænée à la façon
D'eftre vn affez mauuais garçon,
Puis qu'il s'eft fauué bragues nettes
De tant de combats & deffaites :
Il tefmoigne auoir en fon port
Les reins bons, & l'eftomach fort,
Il eft de belle remembrance,
Mais fur tout il eft de naiffance
Et fils de Venus en vn mot.
Ne me dy point au Diable-zot,
Il paroift affez à fa mine
Qu'il eft de cœlefte origine.

A ij

Ie croy que iamais meſſager
Ne s'eſt veu le pied ſi leger,
Ni crocheteur meilleure eſpaule,
Lors qu'il tranſporta comme vn drôle
Son pere ie ne ſçay iuſqu'où,
Et prit ſes jambes à ſon cou,
Drillant de ſi belle maniere
Qu'aucun Grec dans cette carriere
A la courſe ne l'euſt vaincu,
Tant il auoit le feu au cu.
Sans mentir c'eſt vn grand dommage
De voir durant tout ſon voyage
Et la fortune & l'Aquilon
De ſon corps ioüer au balon.
Bien m'en prend ma ſœur ie te iure
D'auoir fait fort groſſe gajure
De ne plus haʒarder ma dot,
Auſsi n'eſt-ce plus mon balot
De ſonger encore à des nopces,
Depuis que coups & malles - boſſes
Firent qu'à Sicheus, Clothon
Deuida petit peloton;

Sicheus qui fut si bon-homme,
Ie l'appaisois par vne pomme,
Ie le plumois comme vn oyson,
I'estois maistresse à la maison,
Et ie crains quelque part que i'aille
De n'en trouuer point qui le vaille.
Ma Nanon depuis qu'il mourut
Ie ne fus iamais tant en rut,
Et comme lors que i'estois fille
Ie sens demanger ma coquille.
Le seul Ænée à depuis peu
Mis tellement mon ame en feu,
Qu'il faut presque que mon courage
Laisse aller le chat au fromage :
Toutefois puissé - ie plustost
Ne manger potage ni rost,
Puissé-je deuenir citroüille
Auant pudeur que ie te soüille,
Et ne garde pas loyauté
Au premier qui m'en a conté,
Ou ie fasse porter des cornes
A Sichée aux riuages mornes ;

Qu'il garde mon amour là bas,
Quoy qu'il n'en soit gueres plus gras,
Et qu'il en roigne, qu'il en couppe
Qu'il en fasse broüet & souppe.
   Or luy cheurent à cette fois
Des larmes grosses comme pois
Qui moüillérent en mainte guise
Les deux poignets de sa chemise,
Car du temps qu'ainsi l'on preschoit
Sur ses manches on se mouchoit.
   Sa sœur encline à la debauche
Lu y repart, Mon petit cœur gauche,
Tu deurois auant qu'enlaidir
Passer le temps à t'esbaudir,
Et taster de ceste rosée
Dont on régalle vne épousée.
Lors que sans dents & sans cheueux,
Le front ridé, le nez morueux,
Tu seras vieille & langoureuse,
Seiche, barbuë, & chassieuse,
Et qu'il te pendra maintes peaux
Comme le fanon des taureaux,

N'eſpere pas que l'on t'en conte,
Lors il ſera temps d'auoir honte,
Maintenant qu'on court apres toy
Prend le monde au mot & me croy,
Et ne fay point ce trait d'enfance
De te faſcher contre ta pance.
Sçache que ton deffunct eſpoux
Là bas n'en ſera point jaloux,
Ce bien n'eſt plus à ſon vſage,
Et par vn ſecond mariage
D'eſtimer ſes manes trahis,
Tu ſerois bien de ton pays.
Retaſte donc ie t'en conuie
Du plus doux plaiſir de la vie,
Et fay - nous vn petit poupon
Qui ſoit neueu de Cupidon.
Que ſi cela ne t'eſmeut gueres
Songe à l'eſtat de tes affaires,
Tu mal-traites tant Hiarbas,
Et mille amoureux fierabras,
Qu'ils te viendront faire la guerre;
Puis ſonge que toute la terre

Que tu possedes aujourd'huy
Est le patrimoine d'autruy,
Tu n'as prescription ny tiltre,
Sentence de Iuge, ou d'arbitre,
Et tu dois craindre les Sergens:
En fin tant de sauuages gens
De Getules , & de Numides,
Des Sirtes, & des champs arides,
Sont tous tes ennemis jurez,
Et si ce sont des alterés,
Quoy qu'ils ne soient point de Iustice,
Et ne mangent du pain d'espice.
Ton frere mesme fort picqué
De ce que tu l'as escroqué,
Et mis la main sur ses pistolles
Ne te promet pas poires molles.
Or ie croy que les Dieux benins
Ont mis Ænée entre tes mains,
Que Iunon mesme te l'ameine
Pour garder ton petit domeine ;
Et comme elle te cherit fort,
Malgré luy le iette en ce port,

Où

Où dans noſtre beſoin extréme
Il vient comme Mars en Careſme.
Auec luy tu n'auras eſté
Quatre mois en communauté,
Que tu verras de ſes chefs-d'œuures,
Il prendra garde à tes manœuures
Qu'ils n'emportent ny fer ny bois
Comme ils font à tous les bourgeois :
Il rendra ta ville nouuelle,
Forte de mur & citadelle,
Et ſçaura bien monſtrer les dents
Aux ennemis les plus fendans.
Puis s'il auient que par machine,
Par cheual de bois, ou par mine,
Soldats entrent par quelque trou,
Il te chargera ſur ſon cou
Maintenant qu'il n'a plus de pere,
Et te mettra hors la frontiere,
Car il eſt adroit & diſpos
Et ſçait ſe ſauuer à propos.
Or durant ce mois de Decembre,
Taſche à l'amuſer dans ta chambre

B

A faire rostir des marons;
Mais à cause de tes iurons,
Crie aux Dieux mercy fort & ferme,
Et puis s'il veut au bout du terme
Nous excroquer comme vn filou,
Ie sçay pour luy riuer son clou
La meilleure ruse du monde:
Lors qu'il voudra monter sur l'onde
Cache ses gands ou son manteau;
A la quille de son vaisseau
Fay qu'on attache vne Remore;
Apres cela s'il fuït encore
Ie veux qu'on me couppe le cou,
Et si c'est gageure de fou.

    Didon apres cette loüange
Qui gratte ce qui luy demange,
Sent par vn discours si bouru
Reblesser son esprit feru:
Et le Diable est si bien aux vaches,
Que iamais pour manger pistaches,
Satirion, trufle, artichaud
Personne n'eust le sang plus chaud.

D'abord pour donner bon exemple
Elle trotte de temple en temple,
Fait pelerinages & vœux,
Des sacrifices, & des jeux.
Iunon la Deesse des couches,
En reçoit aussi dru que mouches,
Bachus, Cerés, Phœbus le beau,
Ont aussi leur part au gasteau.
Didon ayant troussé sa manche
Verse sur vne vache blanche
Qui n'auoit que deux dents de lait
Du vin plein vn grand gobelet,
Puis au nez des Dieux de Carthage
En fait iaillir si grand lauage,
Qu'elle mesme en ce beau gachis
Met le pied dans le margoullis,
Et gaste le bout de sa mule ;
Puis force dons elle accumule,
Cherche Astrologues, & deuins,
Voit des victimes les boudins,
Pensant en tirer quelque augure,
Fait dire sa bonne auanture,

Car dés lors chez les Tyriens
On voyoit des Bohemiens.
    Las elle est folle à triple estage!
A quoy bon tout ce tripotage ?
Et de recourir aux autels
Pour faire vn des pechez mortels?
C'est vn feu pire qu'escrouelle
Qui mange les os & leur moüelle,
Et la rend si folle d'amour,
Qu'elle court la ruë en plain jour,
Et trouble tout son voisinage :
Tel l'accuse d'auoir la rage,
Tel le mal de Sainct Auertin,
Tel d'auoir au corps vn Lutin ;
Et tel plus docte en Medecine
Dit que c'est fureur vterine.
Quand cette fougue & ces élans
Ne sont pas si fort violens,
Par la ville elle trôle Ænée,
Le matin & l'apresdinée ;
Elle s'en sert de quinola,
Luy fait voir cecy, puis cela,

Ses ateliers , ses forteresses ,
Ses beaux habits, & ses richesses;
Par fois l'estourdit de caquet,
Souuent quelque amoureux hoquet
La rend muëtte comme carpe;
Elle mord ses glands, son escharpe,
Arrache l'vn de ses boutons,
Crotte par plaisir ses canons,
Et luy chiffonne ses manchettes,
Ou luy fouïlle dans ses pochettes.
   Apres qu'il est las comme vn chien,
En reuanche il soupe assez bien :
Mais il faut qu'il chante goguette,
Qu'il parle de Troye, & repete
Comme on la prit au tresbuchet ;
C'est la chanson du ricochet
Tant de fois il l'a recommence.
   Apres souper en son absence
Didon sent de nouueaux accez,
Se veautre sur lits & placets
Et croit qu'il luy dit des merueilles
Lors que luy cornent les oreilles,

Comme elle le croit voir souuent
Lors qu'elle ne void que du vent;
Et peut estre cette insensée
A-t'elle vne pire pensée.
Elle prend Ascagne à son cou,
Le fait danser sur son genou,
Auec luy ioüe à la pierrette,
Au toton, à cligne-mussette,
Et luy donne vn petit couteau,
Des pois sucrez, & du gasteau.
A faute d'autre elle l'embrasse,
Et croit qu'Ænée est en sa place,
Car c'est le pere tout craché.

　　Durant qu'elle fait ce marché,
Tout ouurage & commerce cesse,
L'on ne voit plus ja la noblesse
S'exercer comme aux jours passez,
Les frondeurs quittent les fossez.
On ne void escrime ny lutte,
On ne tire plus sur la butte
Le Papegau dans la saison,
Ny mesme l'anguille & l'oison,

Qui pis eſt dans toutes les ruës
On oſte le cable des gruës,
On laiſſe ſecher le mortier,
Meſme on voit à cul l'atelier·
De ces murs ſi hauts & terribles
Qu'ils rendoient les Cieux acceſſibles,
Eſtant auec eux de niueau,
D'où Iupin tremblant en ſa peau
Craignoit qu'on ne luy fiſt la guerre;
Mais les hommes de cette terre
N'eſtoient ny Iuifs ny mécreans
Ni ſi mauuais que les Geans.

  Lors Iunon vint faire vne enqueſte
D'où procedoit ce trouble-feſte:
Elle en eut l'eſprit eſclairci,
Puis vint crier Venus ainſi.

  Vrament te voila bien chanceuſe
D'auoir fait Didon amoureuſe:
Et c'eſt pour gagner bien du los
D'eſtre deux à ronger vn os?
Faut-il donc afin qu'vne Reine
Aille courir la pretantaine,

Que deux Dieux vſent leur credit ?
C'eſt bien eſtre gagne-petit?
Ne croy pas me prendre pour duppe,
Ie voy clair juſque ſouz ta juppe :
Ie ſçay qu'ayant de moy ſoupçon
Tu tremblas de peur le friſſon
Quand tu vis Ænée à Carthage,
Que tu le mis dans vne cage
Que d'vn nuage tu luy fis,
Et qu'apres vint ton autre fils
Darder à Didon vne fléche :
I'ay bien-toſt découuert la méche,
Enfin pour t'en parler tout franc,
Voy-tu c'eſt auec du fil blanc
Que tes fineſſes ſont couſuës.
Si nous eſtions bien entenduës,
Il ne faudroit dans ces pourchats
Nous battre comme chiens & chats,
Il vaudroit bien mieux ce me ſemble
Faire la paix & boire enſemble.
Ie veux bien pour l'amour de toy
Que Didon faſſe ton fils Roy;

Tu

Tu fçais fort bien comme elle brûle,
Que moins chaude eſt la Canicule,
Et qu'aucun refrigeratif
D'oxicrat, ni de lenitif,
Ne ſont onguents pour ſa bruſlure;
Marions-les ie t'en coniure
Elle à d'argent vn bon magot,
Vn trouſſeau fait, & pour ſa dot
Vn grand peuple que ie gouuerne,
Mais afin qu'on ne me lanterne
Nous le regirons dés demain
A moitié perte & moitié gain;
C'eſt là ce que ton cœur deſire.

 Lors Venus ſe mit à ſouſrire,
Car elle auoit le neƷ fort bon:
Et vid bien que Dame Iunon
Tramoit finement cette fourbe
Pour laiſſer Ænée en la bourbe,
Afin qu'il fiſt vn mauuais troc
D'vn bon païs qu'il auoit hoc,
Pour vn bourg fait comme Carthage;
C'euſt eſté bien mauuais menage

C

De quitter l'Empire Romain
Comme pour vn morceau de pain,
    Si Rome n'euſt eſté conſtruite
La perte n'euſt eſté petite,
Par ce que c'eſtoit ſans mentir
Vne belle place à baſtir;
Nous ne pourrions ſçauoir encore
Tous les bons mots qu'a dit Marphore,
Ni qu'on vid aux Siecles paſſez
Tout vn mont fait de pots caſſez:
Nous n'aurions ni pantalonnades,
Danſeurs de corde, ou maſcarades,
Ni Triuelins, ni Charlatans,
Ni vrays ni faux Oruietans,
Ni tant de gens qui ſçauent vendre
De la fumée à le bien prendre,
Et nous n'aurions pas vn patron
Pour traueſtir ainſi Maron.
    Venus cependant l'amignotte,
Et luy dit. Qui ſeroit la ſotte
Qui refuſeroit ce parti?
Il n'eſt que trop bien aſſorti,

Et viuront fort bien coste à coste;
Mais quoy nous contons sans nostre hoste.
Car ie ne sçay si le destin
Qui souuent fait de l'auertin,
Du testu, de l'opiniastre,
Qui gourmande en acariastre
Les Dieux comme des violons,
Enfin qui n'à pas aux talons
Ce qu'il a chaussé dans la teste,
Voudra que ce soit viande preste.
Ie crains mesme que Iupiter
Ne soit vn homme à les heurter
S'ils meslent leurs bribes ensemble:
Toy qui fais ce que bon te semble,
Lors qu'il veut prendre son deduit;
Croise les iambes quelque nuit,
Fay la farouche & la pucelle,
Saute du lict dans la ruelle,
Et fay le Diable de Vauuert
Iusqu'à-ce qu'il t'ait découuert
Tout le secret de cette affaire.
  Tout cela ne m'estonne guere,

Ce dit Iunon, car par ma foy
Il ne faut pas qu'autre que moy,
Deſormais s'en baiſſe ou s'en hauſſe ;
I'en veux auoir toute l'endoſſe ,
Et i'emploiray tout mon latin ·
A voir le bout demain matin
De cette partie amoureuſe :
Didon qui n'eſt qu'vne coureuſe.
Comme on a veu ces iours paſſez ,
Dés que les chats feront chauſſez ,
Doit mener Ænée à la chaſſe ;
Là ie brideray la becaſſe,
Durant qu'au milieu des foreſts
Ils tendront leurs gluaux & rets ,
Ie feray tomber peſle-meſle
A grands ſeaux la pluie & la greſle,
Par tant que le Ciel a de trous
Et de robinets & d'égouſts.
Ie metray petards & fuſées
En eſclairs ſi bien déguiſées ,
Que le Ciel que tu vois ſi bleu
Sera teint en couleur de feu ,

Puis reteint en couleur si brune
Qu'on ne verra soleil ni lune.
Lors moüillez comme des canards
Fuiront leurs gens de toutes parts;
Eux iront en quelque cauerne,
Où maison de joye, où tauerne,
Là sans faute me trouueray,
Et moy-mesme les mariray,
Quand ie t'y verray consentante
Comme la plus proche parente.
Car ie crains quoy qu'il soit majeur
Qu'il ne vienne vn Dieu chicaneur,
Qui comme d'abus en-appelle,
Et qui soustienne en la tournelle
Le mariage clandestin,
Et Didon en suitte putain.

   Lors Venus se remit à rire
De voir qu'on la vouloit seduire,
Comme aussi pour rendre éuidens
Deux estages de belles dens,
Et sur sa ioüe vne fossette
Ou l'Amour ioüe à la boulette;

Et mesme ce rire passa
Iusques au poinct qu'elle en pissa,
Et fit vne tache d'vrine
Sur sa iartiere colombine.

   Cependant Phœbus de retour
Se leue dés le poinct du iour,
Et monte dans son beau carosse
Ainsi que s'il estoit de nopce.
Desia la ieunesse en maints lieux
Porte fusils, lances, espieux,
Chaussetrappes, toiles, tirasses
Pour toutes les sortes de chasses,
Mesme trebuchets & gluaux
Afin de chasser aux moineaux.
La cauallerie apres meine
Cent sortes de chiens pour la Reine,
Chiens courans, dogues & leurons,
Canars, epagneux, et furons.

   Les gens tenans le balliage,
Ceux qui sont en escheuinage,
Le Recteur & tous ses massiers,
Et semblables tels officiers,

Auec leur robbe mipartie
Viennent l'attendre à la fortie;
Luy meinent vn cheual fringant
Tout enharnaché de clinquant,
Qui faute, crotte, mord, & rue,
Et va de guainguois par la ruë.

   Tandis la Reine dans fes draps
Frottant fes yeux, grattant fes bras,
A bien autre puce à l'oreille
Qui ne fouffre qu'elle fommeille.
Elle fe leue du matin
Pour baifer le cul de Martin,
Et pour voir viftement Ænée :
Mais deuant que d'eftre atournée
Et prendre mefme vn cotillon,
Elle prend panade & boüillon;
Puis fe farde & fe debarboüille,
Et dans cent boëttes elle foüille,
Où font des mouches, affaffins,
De la pafte à blanchir les mains,
Des eaux pour lauer le vifage,
Pour en ofter le feu volage,

Les rougeurs & bran de Iudas;
Des pommades en diuers tas,
L'vne rend la chair delicate,
L'autre les leures defcarlate,
L'autre guerit dartre & ciron,
Et l'autre fert à fentir bon.
Plus oppiates & lefciues,
Pour curer les dents & genciues,
Oignements par qui font noircis
Les cheueux blancs & les fourcis,
Des fards & leurs appartenances,
Et des parfums & des effences.
Item y font mille affiquets
Pour fe coiffer, comme toquets,
Moules, tortillons, bandeletes,
Treffes, nattes, & cadenetes,
Pepins de coing pour les gommer,
Des poudres pour les parfumer,
Des fers à frifer les mouftaches,
Pendants d'oreilles & pennaches;
Des rubans de toutes largeurs,
De toutes modes, & couleurs,

De

De chacun maintes garnitures,
Sans les anneaux & les dorures:
Menus outils de cent façons,
Comme espingles, peignes, poinçons,
Pelotte, esponge, houppe, & Zeste;
Acheue qui voudra le reste,
Celuy-là seroit grand Ianin
Qui de ce luxe feminin
Voudroit supputer la sottise.

    Or quand Didon se fut bien mise,
Qu'elle eut ses habits des bons jours
Qu'elle souloit porter au Cours,
Faits d'escarlate en broderie
Tant de geais que d'argenterie:
Qu'elle eut son grand vertugadin,
Son point de Genes le plus fin,
Quand elle eut chaussé ses galoches,
Mis des pois sucrez dans ses poches,
Puis retournée à son miroir
Pour dresser crauate & mouchoir,
Et fait ses cinq sens de nature
Pour sembler belle creature

                  D

Au frere aiſné du Dieu d'amours,
Et fait enfin ſes quinze tours;
Elle void arriuer Ænée
La teſte bien enfarinée,
Car la poudre il prodigue fort
Qui ne luy couſte que le port,
Dautant que ſa mere domine
En Chypre d'où vient la plus fine.
Sa barbe eſt faite tout de frais
A grands crocs comme vn Portugais,
Sa fraiſe eſt à la Milanoiſe,
Son pennache à la Polonoiſe,
Son feutre eſt auec vn galan
Retrouſſé comme vn Catalan:
Pour abreger il eſt du reſte
En fort bonne conche & bien leſte,
Et comme il ſçait tenir ſon rang
Il joint Didon flanc contre flanc.

　　Tel qu'Apollon qui demeſnage
Quittant le Xanthe & ſon riuage,
Pour reuoir ſon païs natal
Dont il eſt Seigneur feodal,

Et qu'il y va danser courantes,
Ou receuoir ses-cens & rentes ;
Prés ses Autels mille idiots
De Drioppes, de Candiots,
Et d'Agathirses, qui leur mine
Barboüillent comme Iean farine,
Dansent au son du violon :
Tandis que Messer Apollon
Sur le haut du Cynthe se iuche,
Pour monstrer mainte fanfreluche
Dont il se boucle les cheueus,
Et des galans d'or tout fin neus.
Entrelacés de nompareille,
Auec vn bouquet sur l'oreille :
Tandis aussi qu'en son carquois.
Souuent demy vuide de bois
Que sur l'homoplate il balote
Se fait vn son de mesme note
Que les grelots d'vn Pantalon :
Tel qu'estoit ledit Apollon,
Tout tel estoit ledit Ænée,
Qui s'estoit cette matinée

D ij

Rendu les attraits ſi mignars
Qu'on ne vid iamais ſi beau gars.
　Dés qu'ils ſõt aux bois maintes chéures,
Cerfs, biches, fans, lapins & liéures,
Viennent ſi fort les empeſcher
Qu'ils n'ont le temps de ſe moucher.
Dans les valons le ieune Aſcagne
Monté ſur vn geneſt d'Eſpagne
Fait rage de ſes pieds tòrtus,
Mais c'eſt trop peu pour ſes vertus
D'attraper vn cerf qui ſe ſauue,
Il voudroit voir vn lion fauue
Pour faire ſur luy des coups bleus.
　Or tandis qu'il iouë à ces ieus
L'air s'épaiſſit, le Ciel ſe trouble.
Lors point de Soleil pour vn double,
Il ſemble qu'il pleuue caillous,
La greſle hache iuſqu'aux chous,
Et le tonnerre eſt de ſalpeſtre
Plus garni qu'il ne ſouloit eſtre.
Auſſi-toſt tous leurs compagnons
Qui s'eſtoient faits beaux & mignons,

Dont chacun de perdre apprehende
Ses plumes, ou sa houppelande,
Fuyent comme des estourneaux;
L'vn va sous vn tect à pourceaux,
Tel sous vn arbre se cantonne,
Tel se cache sous vne tonne,
Et tel retourne son manteau
Pour le mettre sur son chappeau.
   Didon ne croit pas deshonneste
D'auoir sa juppe sur sa teste
Faute d'escharpe ou parasol,
Et joüe à se rompre le col:
Car durant ces coups de tonnerre
Son cheual peu duit à la guerre
Croyant oüir coups de canon,
Lors se cabre, & jette Didon
Qui n'estoit pas bonne escuyere
En vne creuse & salle orniere,
Quoy qu'elle eust de bonne façon
Empoigné le crin & l'arçon.
Le Troyen s'esbouffe de rire,
Et ne se peut tenir de dire

La voyant tomber à l'enuers
Patatra Monſieur de Neuers.
Cependant ſans craindre les crottes
Il deſcend & hauſſe ſes bottes,
Puis la tire à force de bras;
Et perd, tant le terroir eſt gras
La plus laſche de ſes galoches :
Apres il tire de ſes poches
Vn mouchoir à quatre gros glands,
Et quoy qu'il ne fuſt des plus blancs,
Il l'en eſſuye & deſbarboüille;
Puis il s'auiſe qu'il ſe moüille,
Et veut pourſuiure ſon chemin :
Lors il prend Didon d'vne main,
Et de l'autre il tient ſa monture;
Tout proche par bonne auanture
Ils rencontrent vn certain roc,
Où certes ſe fit le grand choc.

　　De ces amours la couratiere
Iunon s'y trouua la premiere,
Et fit pour ſignal vn éclair,
Encor que ce fuſt en Hyuer.

Or sans parler là de Notaire,
De préciput, ni de doüaire,
Ni d'articles, ni de tesmoins,
Nos amants furent bien-tost joints,
D'vne maniere assez estrange;
Didon estoit toute de fange,
Ænée en eut grande pitié
Comme estant de bonne amitié,
Doucement il leue sa cotte
Et par charité la decrotte,
D'où vint (chose bien à notter)
Le prouerbe de decrotter.

Quelques Nymphes qui s'y trouuerent
Bien fort à ce qu'on dit hurlerent,
Car ce fut vn jour de malheur
Et qui causa mainte douleur
A la pauure Reine Gillette:
Sans faire l'amour en cachette
Comme font chattes & matous,
Elle l'appelle son Espous,
Boire & manger coucher ensemble
C'est mariage ce luy semble.

Auſſi-toſt ſe diſent par tout
Des contes à dormir debout
Que ſeme Dame Renommée,
Dont en deſcription rimée
Ie veux faire icy le tableau,
Car c'eſt vn monſtre aſſez nouueau
Dont de deſſigner la figure
Ce ſeroit chef-d'œuure en peinture ;
Et qu'on voudroit pour vn douzain
Voir à la foire Sainct-Germain.
Ce monſtre hideux & fantaſque
Va bien mieux que laquais ni Baſque,
Drille touſiours le grand galop,
Et iamais ne peut courir trop,
Car il gaigne tant plus il trotte
Autant de vigueur que de crotte.
La Terre en colere dit-on
L'engendra comme vn auorton
Cadet de Cœ & d'Encelade
Qui prirent le Ciel d'eſcalade.
Il ne demeure guere enfant,
En vn iour c'eſt vn elephant ,

Et

Et sa teste va iusqu'aux nuës
Porter cent chimeres cornuës,
Il est inuenteur du mestier
De Romaniste & Gazetier,
Il a fait mille gros volumes :
Son corps est tout couuert de plumes,
Il a cent bouches pour parler,
Autant d'yeux il a pour veiller,
Pour escouter autant d'oreilles,
Et le tout secret à merueilles.
Or partout il fourre son nez,
Chez badauts & chez raffinez
Il va faire la sentinelle ;
Puis s'en va batre la femelle
Autant le soir que le matin,
Il ne dort non plus qu'vn lutin,
Se met pour ouyr cent sornettes
Sur les tuilles & giroüetes,
Puis court comme le loup garou
Toute la nuit le guilledou ;
Sans auoir ni pieds ni mains gourdes
A porter veritez & bourdes,

E

Qui produifent mille altercas.
Ainfi qu'il aduint en ce cas.
　　Car il luy prit vne lubie
D'aller profner par la Lybie,
Que cette tant prude Didon
Mettoit fon corps à l'abandon ;
Que la memoire de Séchée
De fa tefte eftoit denichée,
Pour aimer vn ieune Troyen
Qui n'auoit pas vn fou de bien :
Qu'ils faifoient cependant gogaille,
Qu'ils eftoient comme rats en paille,
Qu'à rire ils fe donnoient beau ieu,
Faifoient grande chere & bon feu,
Et viuoient enfin paix & aife.
Mais tandis qu'ainfi l'on fe baife
L'Eftat va fans deffus deffous,
Enfin ils font fi bien les fous,
Les colations, les mufiques,
Les balets, les piéces comiques
Battent fi fouuent le paué
Qu'Hyarbas en eft abreuué.

Cet Hyarbas eſtoit en ſomme
Vn aſſez braue gentilhomme,
Quoy que baſtard, à ſçauoir-mon
Iſſu de Iupiter Hammon
Et de la Nymphe Garamante ;
Dans vn grand païs qu'il regente,
A ce grand Roy des Immortels
Il a fait baſtir cent autels
Et cent temples en grand volume,
Ou du feu ſacré qu'il allume
Et qu'il ne laiſſe défaillir,
N'eſt bon à roſtir ni boüillir.
Là des victimes qu'on immole
Le ſang rend la terre auſſi molle
Et graſſe que terre à potier,
Où chacun eſt bon iardinier
Et fait en tombant vn parterre ;
Là de filets d'or & de lierre
Les portaux bien hiſtoriez
Font voir tous les tours feriez.
Mais ce fut bien là triſte feſte
Quand ce tintoüin vint en ſa teſte,

Ce bon Seigneur à demy fou
Mettant vn gand sous son genou
Y fit vne telle priere.

   Ah Jupiter mon Dieu mon pere
Peux-tu voir sans estre estonné
Iusqu'a quel poinct ie suis berné?
Tourne icy les yeux & me lorgne,
Et si tu n'es ni sourd ni borgne,
Fay m'en la raison dés demain :
Donc quand le foudre dans la main
Tu couches vn mortel en ioüe,
Veux-tu qu'il te fasse la moüe?
Et nest-ce que pour ton ioüet
Que tu fais claquer ce grand foüet?
Et pour estre aux ames grossieres,
Espouuentail de cheneuieres?
Tu sçais fort bien comme Didon,
Qui s'en alloit à l'abandon
Parmy nos costes & nos rades
Me vint donner mille cassades,
Et me fit passer pour bien neuf;
Lors qu'vne grande peau de beuf

Et la terre par elle enclose
Ie luy vendis pour peu de chose:
Car bien fort elle m'attrapa
Lors que toute elle la coupa
En si delicates lanieres,
Que des plaines toutes entieres
Elle enferma dans ce pourpris;
D'outre moitié de iuste pris
Ie fus lezé dans cette vente,
Mais ayant l'humeur complaisante
Je luy dy, baste pour ce point,
Vn galand ne se fasche point
De voir que sa maistresse triche
Et s'efforce à luy faire niche.
Or ayant long temps filé doux
M'attendant d'estre son espoux
I'ay descouuert que cette masque
M'a joüé bien vne autre frasque;
Car vn autre la débauchant.
A fait si bien le chien couchant
Et l'a si bien & beau saisie,
Qu'il a gaigné la courtoisie.

E iij

Dont i'auois beau t'importuner;
Autant vaut porter que traiſner
De te faire vœux & demandes,
Et quand on te fait des offrandes
C'eſt tout autant d'argent perdu,
Puiſque mon eſpoir eſt tondu,
Et que ce beau Monſieur Ænée
A pris vn pain ſur la fournée.
Luy qui fait tant le beau Paris
Parfumé de poudre d'Iris,
De iaſmin, de muſque & ciuette,
Eſt pris pour mignon de couchette
Seulement par ce qu'il ſent bon;
L'on me tient moy pour vn Barbon,
I'ay beau faire galanterie
Didon n'entend point raillerie,
Et me trouue trop mauricault.
　Iupiter l'entendit d'en hault,
Car comme il a bonnes oreilles
Il entend de loin à merueilles;
Il vid bien que ce harangueur
Luy parloit du fin fonds du cœur,

Et pour octroyer sa demande
Prit ses lunettes de Hollande,
Pour descouurir iusqu'en ces lieux
Car il estoit lors chassieux,
Et venoit cette maladie
De ce qu'vn iour de comedie
Il alla prendre son deduit
Sans porter son bonnet de nuit
Auec vne certaine brune
Qui le fit coucher à la lune.
Auec cette lunette donc
Qui tire douze pieds de long,
Enfin il descouurit Carthage;
Il y vid nos gens en mesnage
Qui ioüoient lors en grand soulas
A cache cache mitoulas,
Et couloient le temps assez viste;
Puis voyoient par vne guerite
Si leurs Limozins trauailloient,
Et de rien plus ne s'engeignoient.

Lors ayant fait venir Mercure,
Cà, luy dit-il, ma geniture

Va faire vn tour iusque là bas,
Et de peur que tu n'en sois las
Prend Zephire en cette carriere
Qui te souffle dans le derriere.
Parle à ce Troyen faineant ;
Et di luy qu'il est mal seant
De faire ainsi le vray Ianfesse
Au logis de la belle hostesse ;
Tandis que le païs Latin
Que luy promettoit le Destin,
Et sa femme la Destinée
Se perd en vne matinée.
Vrayment ie n'aurois pas permis
A Venus & ses bons amis
De le sauuer du sac de Troye,
Pour l'amour des filles de ioye:
Auec eux i'auois fait marché
Qu'il ne seroit point débauché,
Mais qu'il regiroit des Prouinces,
Où naistroient vn iour mille Princes
Qui feroient du Monde soudain
Comme des choux de leur iardin;

                              Et

Et que de la race Troyenne
Il laifferoit là force graine.
Que s'il veut tant philofopher
Qu'il mefprife de triompher,
Eft-ce donc qu'Afcagne merite
Que fon pere le desherite?
Et foit jaloux qu'il tienne en main
Vn morceau du fceptre Romain?
Ou bien veut-il paffer pour bufe?
A quoi diable eft-ce qu'il s'amufe
De faire le maiftre maçon?
Va donc lui faire fa leçon.
Et qu'il nauige auec fa flotte.
   Mercure répond ie m'y botte,
Et tire à l'inftant en effet
Ses brodequins de fon buffet,
Car comme il n'alloit par les crottes
Il ne prit pas fes groffes bottes,
Encor qu'en double carillon
Il dûft faire le poftillon:
Il chauffe auffi festalonnieres
Qu'il attache auec deux lanieres,

F

Et qui luy seruent d'esperons,
Or ce sont de grands aislerons
Bastis des plumes d'vn coq-d'jnde.
En cet equipage il se guinde,
Sans qu'il laisse aller à vau-l'eau
Sa verge non plus qu'vn bedeau ;
Verge de vray qui fait merueille,
Car elle endort, elle resueille,
Fait reuiure, & mourir les gens:
Celles des Huißiers & Sergens
En fin n'y firent iamais œuure,
On void autour double couleuure,
Dont la vertu fait bien souuent
Arriuer la pluye ou le vent,
Et tourner coq & girouette
Comme vn toton ou pirouette.

En chemin il se trouua las
Et se reposa sur l'Athlas,
Qui si haut a leué sa creste,
Qu'il porte le Ciel sur sa teste
Comme vne estaye ou pilotis,
Sur qui tous les Cieux sont bastis,

Là Mercure eſtant à l'ombrage,
Fit pour rafraiſchir ſon viſage
Un eſuentail de ſon chapeau,
Parce qu'il eſtoit tout en eau:
Puis recommençant de plus belle
Il en part comme vne hirondelle,
Qui raʒant les eaux fait ſçauoir
Par ſon vol quand il doit pleuuoir:
Ainſi volant à fleur de corde
Mercure en la Lybie aborde,
Auſsi-toſt qu'il eſt à bon port,
Il eſpionne, & void d'abord
Ænée en poſture bourgeoiſe
Tenant en ſa main vne toiſe,
Encor qu'il euſt de verité
Vne belle eſpée au coſté,
Brillante de jaſpe & d'agathe,
Et ſur ſon dos de l'eſcarlate
Qui luy pendoit iuſqu'aux talons,
Auec broderie & galons
Que Didon de ſa propre aiguille
Auoit fait lors qu'elle eſtoit fille.

Mercure alors luy dit tout net,
Ah te voila pris sur le fait.
Vrayment c'est auec bon courage
Que tu fais bastir à Carthage?
Quoy que tu sois tant damoiseau,
Il y paroist à ton manteau,
Qui sur l'espaule est tout blanchastre
Pour t'estre frôlé prés du plastre,
Tu n'acquiers pas peu de renom
D'estre appareilleur de Didon,
A qui par tant de complaisance
Tu sauues bien de la depense.
Ce grand Factotum de là-haut
Qui pour Sceptre tient vn fer chaud,
Exprez en poste me depesche
Afin qu'en amy ie te presche
De te sauuer en tapinois,
Et t'auertisse en bon françois,
Qu'on est bien fou lors qu'on s'engage
A bastir hors son heritage.
Tu n'es point si bien estably
Que tu doiues mettre en oubly

Ce qu'on te promet en reuanche,
Mets vne espingle sur ta manche,
Pour te faire mieux souuenir
De ce que tu dois deuenir,
Et qu'on te garde l'Italie.
Si Didon tellement te lie
Que tu sois prés d'elle attaché
Par quelque chose de caché,
Comme en vn païs de Caucagne
Souuien toy de ton fils Ascagne,
Dont tu deuiens mauuais tuteur,
Puis qu'à luy de belle hauteur
Ces terres sont substituées
Qui de là l'eau sont situées.
  Mercure faute de poulmon
Demeurant court en son sermon
S'enfuit comme vne ame damnée:
Lors ne fit que ietter Ænée
Son bonnet dessus les moulins
Qu'il ne sçût plus ce qu'il deuint.
Or il parut à ce reproche
Plus penault qu'vn fondeur de cloche,

Et ses cheueux dans ce frisson
Plus droits que ceux d'vn herisson
Luy formerent comme vne creste;
De voir des cornes à sa teste
Il eust esté moins estourdy:
Et mesme il fut si mau-hardy
Qu'il ne pût faire la harangue
Qu'il auoit desia sur la langue.
   Comme il s'apperçût en danger,
Il petilla de deloger
De cette agreable demeure
Où les iours ne duroient qu'vne heure,
Et moins encor duroient les nuits:
Mais ou pescher des sauf-conduits?
C'est là le diable de l'affaire;
De quelle glose ou commentaire
Adoucira-t'il ses adieux?
De quels tropes ou de quels lieux
Tirera-t'il son preambule
Pour luy sucrer cette pilule?
Il recherche dans son ceruçau
Ce qu'il sçait de bon & de beau,

Sans qu'il y trouue rien que frire;
Fueillette les fleurs de bien dire
Sur le chapitre des adieux ,
Void complimens nouueaux & vieux.
Mais les Marguerites Françoises,
Ni les Entretiens des bourgeoises,
Ni le Secretaire d'Amour,
Ni mesme ce bel air de Cour,
Ce puis qu'il faut que ie m'eslogne
Pour m'en aller en la Pologne ,
Quoy qu'il semble fait tout exprés
N'ont rien d'approchant assez prés.
Il faut donc que luy mesme en resue,
Il se demeine, il en endesue ,
Rompt ses glands , tire ses cheueux ,
Frappe d'vn pied , parfois de deux ,
D'vn doigt s'escorche les narines ,
Mord ses ongles iusqu'aux racines ,
Et se fait mille maux diuers;
Comme quand Maillet fait des vers
Sans dictionaire de rimes
D'epithetes & synonymes.

Voici quel fut le resultat
Du conseil sur ce coup d'Estat.
Il appelle & fait venir preste
Cloanthe, Mnesthée, & Sergeste,
Leur enioint que sans sonner mot
Chacun remballe son magot;
Qu'ils meinent sans battre la quaisse
Sans demander ni quoy ni qu'est-ce
Leurs compagnons prés de la mer,
Et que tout soit prest pour ramer:
Mais que la cause en soit secrette
Et sur tout qu'aucun ne caquette
Qu'ils se preparent au départ:
Et ce, sur peine de la hart.

Mais la Reine fut la plus fine,
Elle éuenta bien-tost la mine,
Car comme les femmes d'amour
Ont souuent la nuit & le iour
Vn œil aux champs l'autre à la ville,
De peur qu'vn Amant fasse gille,
Leur ombre mesme leur fait peur
Quand elles songent qu'vn trompeur

Leur

Leur pourroit plier la toilette,
De mesme Didon qui le guette
Comme le chat fait la souris,
A toute la premiere appris
Que desia la flotte est armée;
Cette peste de Renommée.
Vient aux oreilles luy corner,
Que demain apres desieuner
Son seruiteur à tire d'aisle
Alloit enfiler la venele.

    Au premier mot qu'elle en entend
Sa folle quinte la reprend,
Elle fait lors le diable à quatre,
Veut tout briser & tout abatre,
On est tout prest de l'enchaisner,
Mais pas vn n'oze l'empoigner:
Car les officiers les plus proches
Y reçoiuent quelques taloches.
Ainsi qu'on void en quelques lieux
De Bacchus le plus gros des Dieux
La gouluë & sainte Prestresse
Chanceler comme vne yurognésse,

                  G

Et faire bruit à l'auenant
Au soir de Caresme-prenant.
Or voicy comme cette Dame
Vint au Troyen chanter sa game.
   Perfide, affronteur, scelerat,
Tu veulois emporter le chat?
Et tu faisois bien l'hypocrite
Afin de gaigner la guerite,
Et tirer tes chausses d'aguet?
Bien m'en a pris d'auoir bon guet,
J'ay descouuert le pot aux roses,
Et ie voy bien que tu proposes
De t'en aller comme vn pendart:
Quoy Didon que dans ce départ
Tu laisses honnie ou mourante,
N'est donc pas chose assez puissante
Pour te remettre au bon sentier?
Quand tu jurois comme vn chartier
Pour seduire vne pauure Reyne?
Tant de sermens à la douzaine
De m'aimer comme tes boyaux
Estoient-ce des brides à veaux?

Cruel, ce qui me scandalize,
Est qu'au plus fort du vent de bize
Tu vas t'expofer à la mer ;
Ne crains-tu point de t'enrumer?
D'auoir les mules & l'onglée,
Et roupie & barbe gelée ?
Encor si tu t'en retournois
En ton païs de Badaudois,
En cette ville malotruë
Où ton pere eut pignon sur ruë ;
Au lieu que tu vas vagabond
Faire encore ailleurs vn faux bond,
Excroquer par ruse ou par guerre,
Ou le pucelage, ou la terre,
De quelque duppe comme moy ;
Ie n'en aurois point tant d'émoy,
Ni ne croirois la chose estrange ;
As-tu peur que ie ne te mange
Que tu n'oZes rester icy ?
Est-ce donc là le grand-mercy
Qu'on a du bien qu'on te procure?
Ne t'en va point ie t'en conjure,

Par tant de baifers fi fucrez,
Tant d'embraffements fi ferrez,
Tant de pafmoifons languiffantes,
Et de delices innocentes,
Qui nous rauiffoient nuit & iour :
Quand m'appellant mon cœur, m'amour,
Et m'amignottant en la couche,
Nous eftions collez bouche à bouche,
Cruel tu ne t'ennuyois pas
Au milieu de ces dous efbats,
A courir tu ne fongeois gueres ;
Tous tes deffeins & tes affaires
S'en alloient lors à nid de chien :
S'il t'en fouuient encore bien,
Demeure auec l'infortunée
Que ton amour à ruinée,
Et qui reduitte au berniquet
A bien perdu de fon caquet.
Car c'eft pour ton beau nez perfide,
Que me perdra la gent Numide,
Ie ne fuis plus aux Tyriens
Bonne que pour ietter aux chiens.

En Lybie on me timpaniſe;
Songe en quel eſtat tu m'as miſe?
Ie n'oſe preſque voir les Cieux,
Ie baiſſe la teſte & les yeux ,
Et pour cacher toute honteuſe,
Ma mine triſte & marmiteuſe,
Ie mets ma cotte en capuchon,
Fourre mon nez dans mon manchon,
Au lieu qu'eſtant honneſte femme
Ie me carrois , faiſois la dame,
I'allois droitte comme vn ſapin,
I'auois le viſage poupin,
Et faiſois tellement la prude,
Que pour auoir eſté trop rude
Et ſeuere aux femmes d'amour
Le Ciel me punit à mon tour.
Cher hoſte (car puiſqu'en ton ame
Tu m'oſtes le nom de ta femme,
Ie n'oſe plus d'vn nom cheri
T'appeller fanfan ni mari.)
Veux-tu donc partir tout à l'heure?
Que ie me pende? & que ie meure?

Car que faire ayant bien preſché
Qui puiſſe amander mon marché?
Attendray-je dans quelque courſe,
Que Pigmalion ſe rembourſe?
Et pille ma ville de Tyr
Qui me couſte tant à baſtir?
Attendray-je pour eſtre eſclaue
Qu'Hiarbas qui fait tant le braue
M'enleue auec mon attirail
Comme vn corps ſaint dans ſon ſerrail?
Encor helas ſi j'eſtois pleine
De ton engeance & de ta graine!
Et que pour fruit de mon amour
Quelque poupon naſquit vn jour,
Qui vint d'vne façon frippone
M'appeller ſa maman mignone,
Pour auoir en baiſant la main
Vn peu de beurre ſur ſon pain;
Et qui pour charmer ma triſteſſe
Iouaſt ſur ma cotte ſans ceſſe
A frape-main, au pied de bœuf;
Mon eſprit ne ſeroit ſi neuf,

A fuporter ta longue abfence ;
A caufe de la reffemblance
Ie l'aurois toufiours à mon cou
Et le baiferois tout mon faou.

Quand elle eut dit fa ratelée
Ænée eut la langue gelée :
Car les commandements des Dieux
Qu'il fçauoit par cœur & des mieux,
Le mettent fur la defiance ;
Et cherchant quelque contenance,
Il fe cache dans fon manteau,
Roulle les bords de fon chapeau,
Gratte fon dos, baiffe la tefte,
Et n'oʒe tant il eft honnefte
La regarder entre deux yeux ;
Enfin pourtant plus ferieux
Et refolu comme Barthole
Il luy dit en vne parole ;
Quoy qu'il lafchaft plus de cent mots,
Mais ce fut fans auant-propos.

Il ne faut point, Mademoifelle,
Faire vne longue Kyrielle

Des grands biens que vous m'auez faits,
Car a jamais au grand iamais
Ie les auray dans ma memoire ;
Et i'en sçauray par cœur l'histoire
Tant que i'auray soin de songer
A dormir & boire & manger,
Soin que d'auoir i'ay bonne enuie
Iusqu'au dernier point de ma vie.
Or d'autant que le cas est laid
Ie ne vous tiendray pas grand plaid :
Ie n'ay point l'ame si friponne
Si fort excroqueuse ou Gasconne,
Qu'elle veüille là vous planter
Sans payer l'escot ni compter,
Ou sans vous donner en offrande
Pour le moins vn Dieu vous le rende,
Puisque vous le voulez ainsi,
Adieu Didon, & grand-mercy.
Que si vostre teste blessée
Croit que i'aye eu quelque pensée
De prendre femme en ces quartiers,
Ostez cela de vos papiers.

Vous

Vous sçauez bien qu'on ne peut faire
Vn mariage sans Notaire,
Et que l'ordonnance prescrit
Qu'on en ait preuue par escrit.
Or voulez-vous que ie vous die,
Vous vous estes bien esbaudie,
Et moy i'en estois de moitié;
Mettez au nom de l'amitié
La main sur vostre conscience,
Ie sçay de certaine science
Que c'estoit vous qui commenciez,
Et que tousiours vous magassiez,
Tousiours vostre humeur fretillarde
M'allongeoit ou boëte ou nazarde,
Me pinçoit, me pressoit les doigts,
Marchoit sur mes pieds quelquefois,
Et me monstroit tables d'attente:
Vous sçauez que le Diable tente,
Quand vous me donniez si beau feu
Ie disois que i'estois en feu,
Et ie vous contois cent sornettes
Comme font dire les Poëtes

H

Pour faire vn heros de Roman ;
Dame qui les croit à fon dam,
On doit eſtre armée à l'eſpreuüe,
C'eſt pain beniſt quand vne veuſue
Eſt priſe par vn Caualier,
Qui prend vn plaiſir ſingulier
A leuer d'vne belle duppe
Le mouchoir de col ou la juppé.
Mais ces diſcours font ſuperflus,
Tout eſt paſſé n'en parlons plus.
Cependant ie veux bien qu'on ſçache
Que ſi ie viuois fans attache,
Et que ie puſſe eſtre mutin
Contre Apollon & le Deſtin,
I'irois recueillir auec joye
Les reliques qui font à Troye ;
Là grand attelier j'ouurirois,
Et bien-toſt ie rebaſtirois
Ville & citadelle de brique,
Pour faire aux Grecs ſi bien la nique
Que des amuſoirs ſuffiſans,
Ils auroient encor pour dix ans.

Mais ailleurs ces diables me meinent,
Et comme plus-forts ils m'entraifnent
Où l'on me promet pour certain
Bien plus de beurre que de pain.
Cefte patrie eft dans mon ame
Plus que mon amour ni ma femme,
Mettez voftre cœur en autruy,
Voudriez-vous quitter auiourd'huy
Voftre ville qui s'en va faite
Pour courir ailleurs l'aiguillette?
Il ne faut pas s'eftomaquer
Auffi fi ie vays m'embarquer,
Pour chercher ma bonne auanture;
Maintenant que ce bon temps dure
Qu'on trouue empires inconus
Qui font pour les premiers venus.
Vn temps viendra que par le monde
Plufieurs iront faire la ronde,
Qui quoy que preux auanturiers
N'obtiendront par leurs faits guerriers,
Que des ifles inhabiteés
Et des infantes enchanteés.

H ij

Au reſte dormir ie ne puis,
Car par ma foy toutes les nuits
Quand ie ſuis à mon premier ſomme,
Ie croy voir ſans ceſſe vn grand homme,
I'ay beau me fourer dans mes draps,
Me cacher les yeux de mes bras,
Il me fait vne mine griſe,
Me dit qu'il eſt mon pere Anchiſe,
M'appele ribaud & vaut-rien,
Medit que ie mange mon bien,
Quand ie m'amuſe à la mouſtarde,
Tandis que le deſtin me garde
Dans quelque petit pot à part
Vn Royaume qui court haʒard.
Puis il fait marcher en campagne
L'image de mon fils Aſcagne
A qui ie mets la corde au cou;
Puiſque ie ſuis le vray filou
Qui de ſon patrimoïne excroque
Des Roys du Tybre la deffroque.
C'eſt ſi bien vn faire le faut,
Qu'ordre exprés du conſeil d'enhault

J'ay reçeu porté par Mercure,
Luy-mesme est venu ie vous iure
Frapper mon oreille & mes yeux;
Ie ne suis sourd ni chassieux,
Ni ne prend mon nez pour mes fesses,
Cessez donc auec ces tendresses
D'aigrir vostre mal & le mien;
Car ce voyage Italien,
Est chose qu'à regret i'acheue
Autant que si i'allois en Greue.

Tandis qu'il conte ces fagots,
La Reine par dessus le dos
Luy fait la mouë, hoche la teste,
Roulle bien les yeux en leur boeste,
Et l'ayant haut & bas lorgné,
Dit d'un visage renfrogné,
Et d'un ton plus haut d'une octaue.

Ne fay plus le noble & le braue,
Car il n'est pas mesmes certain
Que tu sois un fils de putain,
Sorti de Venus & d'Anchise;
Si tu voulois faire à leur guise

Tu serois vn bon violon
De garder vn cœur si felon.
Il vaut mieux t'appeller La Roche,
Tu ne t'enqueftes d'vn reproche;
Et ie croy qu'on paiftrit ta chair
Au Caucafe fur vn rocher,
De fang de tygreffe ou lyonne:
Car qu'attens-ie? Dieu me pardonne,
N'eft-ce pas là mon pis aller?
Pourquoy m'empefcher de parler?
Et faire la petite bouche,
La fucrée & fainte ny touche?
Quand ie voy que ce glorieux
N'a pas mefme cligné les yeux,
Ni pour mon bruit & mon vacarme
Fait vn hoquet, ni jetté larme,
Ni fait vn chetif ohimé,
Pour vn cœur qui l'a tant aimé.
Ne t'imagine pas infame,
Que ni Iupiter ni fa femme
Voyent ta fuite de bon œil;
Ie t'ay fait vn fi bon accueil,

Quand tu cherchois presque l'aumosne,
Ie t'ay mis le cul dans mon throsne,
Et comme à mon premier agent
Baillé les clefs de mon argent ;
I'ay sauué la vie à tes trouppes ,
I'ay fait calfeutrer tes chalouppes,
Fourny clouds, bois, mousse & gaudron,
T'ay fait braue comme vn Baron ,
Et j'aurois, tant j'auois bon foye,
Fait pour toy la fausse monnoye.
Or cependant fiez vous-y ?
Ce traistre ingrat en cramoisy ,
Et c'est ce qui fait que ie peste;
Me dit que c'est l'ordre celeste
D'Apollon & de Iupiter ,
Qui le viennent persecuter
D'aller en d'estranges demeures
Chercher midy à quatorze heures.
Vrayment si les Dieux souuerains
S'amusent à si petits gains,
Il faut qu'en la voute celeste
On ait bien du loisir de reste.

Mais fans glofer par le menu,
Sur ton raifonnement cornu
Ie te mets fur le cou la bride,
Va-t'en où le deftin te guide.
Porter eftant bien balotté
Vn vifage de bois flotté;
I'efpere te voir en reuanche
Barbotter au bout d'vne planche,
Et contrefaire le plongeon;
Tandis que fous ton haubergeon
Tu diras pouilles à Mercure,
Moy qui riray de ta pofture.
Te voyant en proye aux harans
N'en voudray pas tenir cent frans.
Tu verras lors qu'on te fuborne,
Que tu n'es qu'vn vray malitorne
Toy qui t'és veu prefque à vau-l'eau
De retomber dans le panneau:
Lors en langage de grenoüille
Tu diras l'efprit en bredoüille,
Ah que ne fuis-ie auprés de vous
Ma Didon pour planter des choux!

Et

Et moy qui petilleray d'aise
(Ne croy pas lors que ie me taise)
Ie diray que c'est pain benit
Et que c'est Dieu qui te punit.
Mesme ie feray que mon ombre
Sortira du Royaume sombre,
Pour te faire transir d'effroy,
Pour faire l'Ardent deuant toy,
Pour aller derriere les portes
Te faire pouf, mais que tu sortes,
La nuit fera l'esprit follet,
T'ira prendre par le collet,.
T'ira tirer ta couuerture,
Farfoüillera dans ta serrure,
Ioüra sans cesse des couteaux,
Remura tables & treteaux,
Sans que tu t'exemptes de peine,
Pour pelerinage ou neufuaine,
Enfin tu t'en repentiras
Et tost ou tard tu le pairas.
  Elle en eut bien dit dauantage
Car la femme lors qu'elle enrage,

I

Et lors qu'elle n'enrage point,
N'est pas si tost au dernier point.
Elle s'impose donc silence
Par foiblesse & par impuissance,
Et lors pour guerir son bobo
On la meine faire dodo.
　Ænée auoit bien à respondre
Mais la crainte le vint confondre,
Car il estoit fort verecond :
Et par cet exemple on confond
Ce qu'ont dit gens de preud'homie
Qu'vn honteux n'a point belle amie.
Il taschoit que son cœur dolent
Fust gueri de ce mal talent,
Et d'appaiser tant de cririe
Par adresse & galanterie ;
Mais cela ne seruit de rien,
Ce pauure homme l'aimoit si bien
Qu'il sentoit presque son cœur fendre,
Et pleuroit mesme de l'entendre.
Mais quoy du Dieu porte-poulet
Il fait si bien le bon valet,

Qu'il suit son ordre, & desia trotte
De ça de là pour voir sa flotte.
Les Troyens de crainte foireux,
Voyant qu'il baste mal pour eux,
N'y trauaillent point de main morte :
Tel vn arbre tout verd apporte,
Sans que pour seruir d'auiron
L'ait esbranché le bucheron,
Tel autre a qui le cœur palpite
Trauaille si bien pour la fuitte,
Qu'auec des leuiers & rouleaux
Il fait mettre en mer les vaisseaux.
  Comme on void vne fourmilliere
Mettre aux champs vne armée entiere,
Quand les fourmis pour leur hyuer
Loin de manger leurs bléds en verd,
Rauitaillent leur Republique ;
Dont fort bonne est la politique
Comme ont escrit de bons Autheurs
Des fourmis grands obseruateurs.
Les vnes en terre nichées
Comme par mines & tranchées,

Viennent affaillir hardiment
Et piller vn tas de froment;
D'autres par troupes & phalanges
Vont ferrer le grain dans leurs granges,
Les vnes menent le charroy,
D'autres efcortent le conuoy,
Et celles du plus bas eftage
Seruent de fourmis de bagage;
Puis quand le grain eft au grenier
Il furuient vn autre officier
Qui le fait ronger fort & ferme,
De peur qu'en la terre il ne germe,
D'où vient quelles gardent leur blé
Mieux que Chaircutiers leur falé.
Pas vne enfin jufqu'en Septembre
N'à les bras croifez dans fa chambre;
Ainfi les Troyens affidus
Trauailloient comme des perdus.

　Quand tu le vis d'vne efchauguette
Preft à defloger fans trompette
Didon que t'en difoit le cœur?
Ie croy quand tu vis ce moqueur

Faire ce beau remu-meſnage
Que tu peſtois de bon courage.
Amour, petit fils de putain,
Quand tu fais ainſi le lutin
Que diable ne fais-tu point faire?
Didon ſe met encore à braire,
Cherche quelque mediateur
Pour ramorcer ſon ſeruiteur,
Et croit amolir ce brauache
Quand elle aura bien fait la vache;
Afin qu'elle ait ce reconfort
De faire au moins auant ſa mort
Ioüer tous reſſors & machines.
Comme elle eſtoit ſur ces eſpines
Rechignant cemme vne guenon,
Elle dit à ſa ſœur Nanon.

Hà que ie ſuis infortunée!
Voila ma ſœur ce traiſtre Ænée
Qui s'en va plus loin s'eſbaudir,
Et me planter pour reuerdir.
Son départ me rend pis que folle,
Pour l'empeſcher ie le cajolle :

I iij

Mais en vain il est combatu;
Je ressemble à coigne-festu
Il s'enfuit tant plus ie l'appellè
Comme vn chien de Iean de Niuelle.
Fay moy cependant vn plaisir,
Prend vn moment de ton loisir
Pour faire à ce Troyen vn prosne,
Puisque sans auoir le bec jaune
Quand tu t'en mesles tu dis d'or;
Et ie sçay que ce traistre encor
Te tient seule pour confidente,
Tu sçais comme sa gouuernante
Le prendre en ses bonnes humeurs,
Va luy dire que ie me meurs;
Que tout le monde s'esmerueille
Qu'il fasse ainsi la sourde oreille.
Qu'ai-je fait ou qu'ai-je commis?
Qu'il veüille auec ses ennemis
Me mettre en mesme patenostre?
Helas il me prend pour vne autre!
Quand de faire à Troye vn grand feu
Les Grecs firent vn si beau vœu,

Dans cette entreprise obstinée
Ou sa ville fut calcinée,
Ni prés ny loin ie n'ay tasché
D'auoir ma part en ce marché.
Ni ie n'ay point par gaillardise
Pissé sur la fosse d'Anchise,
Ni ietté ses cendres au vent :
Me hait-il plus qu'auparauant ?
Quelle mouche est-ce qui le pique
Pour trahir mon amour pudique ?
Et de quoy l'a-t'il conuaincu
Pour lui iouër ce couppe-cu ?
Ie ne lui demande autre chose
Que de faire encore vne pause
Tandis que le beau temps viendra,
Qu'il me tienne comme il voudra,
Ou pour femme ou pour concubine ;
Car sur cet hymen qu'il ruine
Ie n'entends point le chicaner,
Ni de lui faire abandonner
Ses pretendus droicts d'Italie ;
Mais que pour guerir ma folie

Et ma fiévre chaude appaiſer,
Il veuille vn peu temporiſer,
Tant que mon eſprit ſe reſtaure
Par vn recipé d'hellebore.
Autrement ie m'en vay mourir,
Va donc ma ſœur me ſecourir.
Et m'obliger à la pareille ;.

　　Sans ſe faire tirer l'oreille
Nanon petillante en ſa peau,
N'a les jambes dans vn boiſſeau
Pour faire au Troyen ambaſſades ;
Elle luy fait mille accolades.
Qu'il eſtime comme du fient,
Elle va, puis elle reuient,
Sans qu'obtenir rien elle puiſſe,
Autant vaudroit preſcher vn Suiſſe,
Ou vouloir quand il fait beau temps
Prendre la lune auec les dents,
Que de taſcher à vaincre Ænée ;
Car Madame la Deſtinée
Ayant eſtoupé, ce dit-on,
Son oreille auec du coton,

　　　　　　　　　　Il

Il faisoit cas de sa priere
Comme de l'eau de la riuiere.

  Tel qu'vn chesne prodigieux
Qui dautant plus fort qu'il est vieux ;
Par les vents ne se laisse abatre,
Quoy qu'ils soient apres luy tous quatre;
Il se rencontre écornislé
Pour tout gain quand ils ont sislé
De quelque branche ou feüille morte,
Car quoy que bien haut il le porte,
Il a d'aussi creux fondements
Que sont hauts ses entablements,
Et tient à si bonne cheuille
Qu'il bransle comme la Bastille.
Tel paroissoit Ænée alors
Aiant ce semble vn Diable au corps,
Durant ces caquets & ces larmes
Il chantoit, baisez moy gens-d'armes,
Honteux de s'estre acagnardé,
Il auoit desia poignardé
Malgré l'amitié fraternelle
L'amour & toute sa sequelle,

               K

D'où vient qu'en si rude façon
Il faisoit le meschant garçon
Ayant battu son petit frere:
Mais puis qu'il n'y pouuoit que faire
Cela fist qu'il se tint plus gourd,
Et comme il n'est point pire sourd
Que celuy qui ne veut entendre,
Didon de rage s'alloit pendre:
Pourtant comme il geloit vn peu
Elle aima mieux mourir au feu,
Car le rheume estoit fort à craindre.

En fin pour l'acheuer de peindre,
Elle apperceut vn beau matin
Faisant en son temple vn festin,
(Car autrefois dans tous les Temples
On faisoit repas assez amples
Comme à present au cabaret)
Que le vin blanc & le clairet
Deuenoit noir comme bitume
Et plus ord que ius d'apostume:
Mais il n'est pas bien resolu
Si lors elle auoit le trelu,

Car perfonne ne le vid qu'elle.
Plus elle auoit vne Chapelle.
Voüée à fon defunt efpoux,
Qu'elle ornoit de mille bijoux,
Ou combien qu'elle euft fait la fotte
Elle faifoit fort la bigotte.
Il luy fembloit toute la nuit
Qu'il partoit de là certain bruit
Semblable à la voix de Sichée,
Qui quoy qu'il l'a vid defbauchée
Et qu'vn autre homme en euft tafté,
Comme il eftoit moins dégoufté.
L'appelloit au riuage fombre
Pour cajoller encor fon ombre.
Il venoit en fuitte vn hibou,
Qui crioit fans ceffe, hou, hou,
D'vne voix mourante & traifnée
Sur le haut de fa cheminée.
Puis luy reuient le fouuenir
De tant de malheurs à venir
Que luy prediZent maint-augure,
Et difeurs de bonne auanture.

Tout cela trouble son cerueau,
Mais enfin son pire boureau
Apres quoy faut tirer l'eschelle,
C'est qu'Ænée aussi la harcelle;
En songe il paroist à ses yeux
Qui fuit sans faire ses adieux,
Elle croit la pauure Princesse
Perdre son baston de vieillesse,
Et cherche à tastons son paillard
Comme au ieu de Colin-Maillard;
Mais en pensant mordre à la grappe
Dés qu'elle le tient il eschappe.
C'estoit en des troubles pareils
Que deux Thebes & deux Soleils,
Et des escadrons de furies
Vid Penthée en ses resueries:
Où ce principal gagne-pain
Des compagnons de Turlupin,
Ce grand Comédien Oreste,
Lors qu'il fuyoit à toute reste
Sa maman qui de son flambeau
Luy venoit brusler le museau.

Quand Didon en ses chambres vuides
Eut fait loger les Eumenides,
Et qu'elle eut conclu son trepas,
Elle vid sa sœur tout d'vn pas,
Et cachant comme bien madrée
Auec vne mine sucrée
Ce qu'elle connoit au dedans,
Dit en riant du bout des dents,
Ah ma sœur i'ay trouué la cache
Pour faire que ie me détache,
Ou ie voye Ænée attrapé
Qui fait du cheual eschappé.
Tu sçais bien cette grande butte
D'où Phœbus fait la cullebute,
Quand le soir il se trouue las
Qu'on appelle le Mont Athlas
Vers la riue Æthiopienne;
De-là vient vne magicienne
Qui fait par sort & mal engin
Mille tours de Maistre Gonin.
Les Hesperides pour fermiere
Pour concierge & pour iardiniere

L'ont mise en leur verger sacré
Qui portoit ce beau fruit doré,
Dont vn grain fit que trois Déesses
Monstrérent à Páris leurs fesses,
Et qui tenteroit vn Normand
Ne fust-il larron ni gourmand.
Elle fait aussi la cuisine
Auec miel pauot & farine,
Au dragon qui soir & matin
Le garde ainsi qu'vn gros mastin.
Cette charlatane se vante
Que certains rebus qu'elle chante,
Font que le plus triste marmot
Deuient aussi gay que Perrot,
Donnent aux autres des mes-aises:
Des chagrins & des sinderesses;
Elle fait venir les Démons,
Les huche chacun par leurs noms,
Les fait voir en toute posture,
Plein relief, & platte peinture.
Elle fait rouler à tastons
Astres & Cieux à reculons,

Fait voir sur les monts & collines.
Ainsi qu'aux piéces des machines ;
Vne procession d'ormeaux ,
Danser comme des sautereaux
Sur le clauier d'vne epinette :
Or c'est la derniere recette
Qui puisse guerir ma langueur ;
Ma foy i'en vse à contre-cœur ,
Et depuis long-temps ie barguigne ,
Ie fais la mouë , & ie rechigne ,
Plus que s'il m'estoit ordonné
De prendre rheubarbe ou séné.

Va donc dans ma caue, & me monte
Quatre cent de busches de compte ,
Dresses-en vne pille à jour
Au fonds de mon arriere-cour ,
Mets-y la deffroque & l'espée
De ce traistre qui m'a duppée ,
Mets-y ce malheureux grabat
Ou nous faisions nostre sabat ,
Ou durant tous ces badinages
L'honneur demeura pour les gages.

Car la forciere a fait ce pact
Et prescript que d'vn foin exact,
Tu destruises & tu dissipes,
Toutes les hardes & les nippes,
Que ce perfide laisse icy.
Didon pasme en parlant ainsi,
Et son visage vient plus blesme
Que ceux des jeusneurs de Caresme.
   Mais Nanon ne se doute pas
Qu'elle coure en poste au trepas,
Ni qu'elle en soit plus démanchée
Que pour la perte de Sichée:
Car lors qu'on le mit au cercueil,
Elle en fut quitte pour du dueil,
Et porter vn crespe de vefue ;
Aussi pour l'armer à l'espreuue
Luy firent prendre ses parens
Quelque boüillons & restaurans,
Et des Docteurs qui s'y trouuerent
Par leurs beaux dits la consolerent,
Si bien que tout ce grand tran-tran
Finit auant le bout de l'an.

                  Nanon

Nanon qui ne craint rien de pire
Bastit donc ce qu'elle desire.
Quand elle eut entaßé son bois,
Bien graißé de souffre & de poix
Pour espargner des allumettes,
Qu'elle l'eut orné de fleurettes,
De rameaux de Cyprés & d'If,
Et d'vn marmouset fort naif
Reßemblant au museau d'Ænée
Qu'elle auoit sur sa cheminée;
Lors qu'elle eut guindé ce beau lit
Ou s'estoit commis le delit;
La Prestreße ioüa son rolle
Descheuelée & demi-folle,
Et prit Dieu par tous les costés,
Iura trois cent Diuinités,
Diane auec ses trois visages
Qui seule fait trois personnages,
Et pria jusqu'au marmiton
De la cuisine de Pluton.
Puis pour decorer son Theâtre
En toile branlante & noirastre,

L

Fit voir le Stygien palus
Peint auec son flus & reflus
Et tout le Palais de l'Auerne :
Apres elle fit vn grand cerne,
Tourna le groüin au Soleil,
Prit tout son magique appareil,
Des grains d'encens , des herbes fines,
Des oignements , ius , & racines ,
Des cheueux fraischement tondus,
Cordes & graisses de pendus,
Des petits morceaux de suaires,
Des dents de mort , des caractéres
Pris d'vn grimoire où l'on n'entend
Non plus que le haut Allemand ;
Puis bauant comme vne limasse
Fit maint tourdion & grimasse,
Qui sont les misteres de l'art.

　　Lors Didon y vint prendre part
Et prit en main vne brioche,
Elle mesme osta sa galoche,
Ainsi pied chaussé , l'autre nud,
Elle accusa par le menu

De son fort astres & planettes
Quoy qu'ils en eussent les mains nettes;
Et prit tous les Dieux à tesmoin,
Sur tout ceux qui prennent le soin
De vanger les foys violées
Aux femmes qui sont enjaulées :
Si tant est qu'il s'en trouue aux Cieux
Qui soit assez laborieux
Pour en estre iuge ordinaire ,
Parce qu'il auroit fort à faire
Pour ces peccadilles punir;
Il n'y pourroit iamais fournir,
Et despenseroit plus en verges
Qu'il ne recueilleroit en cierges.
   Quand elle eut long-temps en ce lieu
Prié ce chimerique Dieu
D'vne bonne & breue Iustice,
Dit ses gaudés & son office ;
Elle s'en retourna sans bruit
Qu'il estoit toute noire nuit :
Mais vne nuit fort pacifique,
La nature estoit sans colique;

On n'entendoit soufle ni vent
Du Couchant jusques au Leuant,
Qui vint à la Dame Nerée
Boursoufler sa iuppe aXurée;
Les feuilles des bois sans bransler
Dieu-mercy le repos de l'air,
Dormoient aussi d'vn profond somme,
Tous les yeux auoient de la gomme,
Tant du sommeil appesantis
Ils estoient serrés & petits.
Bref on dormoit de telle sorte
Que toute chose sembloit morte;
Et ie ne sçay pas quel Huissier
Quel Bedeau, Herault, ou Massier,
Auoit si bien crié silence,
Qu'on n'eust pas mesme que ie pense
En tout ce terrestre pourpris
Oüy trotter vne souris.

    Mais Didon quand tout se repose
N'a pourtant la paupiere close,
La nuit ne luy sert pas d'vn grain
Tant la trauaille son chagrain,

Et tant il gonfle fa ratelle ;
Puis l'amour reuient de plus belle
Mettre le feu dans la maifon,
Et certaine demangeaifon,
Telle que plus on l'égratigne
Plus fa colere fe prouigne.

    En fin elle vient à penfer ;
Ie ne fçay fur quel pied danfer
Ni plus de quel bois faire flefche,
Faut-il que fur le pied je feiche ?
Ayant dans la fleur de mes ans
Defia faute de courtifans ?
Car iray-je chez les Nomades
A qui j'ai fait tant d'jncartades
A genoux les prier d'amour ?
Ils auroient beau jeu beau retour,
Et me diroient bien pour excufe
Femme qui refufe apres mufe,
Sans vouloir baifer but à but
Vne piéce ainfi de rebut.
M'en iray-jo en déterminée
Suiure comme vn barbet Ænée ?

                L iij

Ou marcher sous ses estendars
Faite en coureuse de rampars ?
Ie crains là que ceste canaille
Ne me brocarde, & ne me raille,
Et ne me mette en cent façons
En vaudeuilles & chansons :
Ou que dans leurs bourrus caprices
Pour payer tant de bons offices,
Ces gens qui n'ont ni foy ni loy
Ne veuillent point du tout de moy.
Car ces Troyens chassent de race
Sont doubles comme vne beface,
Et tiennent de Laomedon ;
Qui gracieux comme vn chardon
Autre fois en a donné d'vne
Aux Dieux Apollon & Neptune
Lors qu'ils se firent Limosins,
Il leur promit force douzains
Pour construire les murs de Troye :
Mais au lieu de bonne monnoye,
Dés qu'eut appris ce bon Seigneur
Qu'ils en venoient à leur honneur,

Ils furent payez en gambades
Et menacez de baſtonnades.
Mais d'autre coſté ſi i'ay peur
De ſuiure ſeule ce trompeur,
Iray-je auec grand équipage
Et tout mon peuple de Carthage?
Las il me fit preſque enrager
Quand ie le fis deſmenager
De cette Sidon malotruë!
Et maintenant qu'il n'eſt plus grüe,
Ie le veux en toute ſaiſon
Remettre en l'eau comme vn oiſon?
Et faire encor qu'il abandonne
Des maiſons qui luy couſtent bonne?
C'eſt abus que de l'eſperer,
Il vaut mieux & ſans differer
Pour monſtrer comme ie l'incague
Me percer le ſein d'vne dague.
Et toy malheureuſe Nanon
C'eſt toy qui me portes guignon,
C'eſt toy qui m'as couppé la gorge,
Tu croyois bien faire ton orge,

Et de faire vn excellent coup
De me mettre à la gueule au loup.
Tu n'as pas souffert qu'en ma couche
Ie vescusse en beste farouche,
Dans l'innocence & le repos
Sans faire la beste à deux dos?
Comme i'estois desia bridée,
Ie fus bien tost persuadée,
Et pris de ta main vn mari
Qui fait ores le renchéri,
Afin qu'il me rende le change,
Et de ma perfidie il vange
Les manes de feu mon Espoux.

   Ainsi parloit-elle en couroux,
Tandis que sans martel en teste
Dans vne flotte toute preste,
Ænée estoit sans sonner mot
Qui dormoit ainsi qu'vn sabot.
Ce Dieu qui commande à baguette
Le reuint voir en sa couchette,
Il ne s'estoit point trauesti
Depuis qu'il l'auoit auerti,

Il

Il auoit ſa blonde perruque,
Autant de barbe qu'vn Eunuque,
Et faiſoit comme vn jouuenceau
Le poli le blond & le beau.
Quoy, dit-il, fils de quatre feſſes
Tu ne gardes pas tes promeſſes?
Et comme vn enfant ſans ſoucy
Tu te tiens à ronfler icy?
Zephire ſe donne carriere
De te ſouffler dans le derriere?
Sans que pour gagner le deuant
Tu mettes les voiles au vent?
Cependant fou de haute gamme
Lors que tu ſeures vne femme?
Tu ne crains point en ſon quartier
De voir vn tour de ſon meſtier?
Encor d'vne ſonge-malice
Qui deſia conclud ſon ſuplice?
Et d'vn cœur diablement ontré
Taſche à te voir bien chapitré?
Eſcampe donc & t'en depeſtre,
De peur qu'elle ne t'encheueſtre,

M

Et que demain tout esueillé
Tu ne dises ie suis grillé.
Car elle a chargé trois charrettes
De gros fagots & d'allumettes,
Pour te brusler dans ton vaisseau
Et te rostir comme vn pourceau.
Fuy donc, & t'inculque dans l'ame
Combien est legere vne femme,
Qui tourne & vire plus souuent
Que l'aisle d'vn moulin à vent.
   Lors dans sa cappe il s'emmitouffle,
Et comme vne lampe qu'on souffle
Il s'esclipse & gaigne le haut,
Le Troyen s'esueille en sursaut
Poussé du coude ses pilotes,
Holà, dit-il, compatriotes,
Resueillez-vous gens qui dormez,
Tendez les voiles & ramez.
Or sus habille, viste, preste,
Voilà le Messager Celeste,
Qui vient encor de me parler,
Afin de nous haster d'aller.

Qui que tu fois fers nous de guide
Démon qui nous hoches la bride,
Et tourne la fphere des Cieux
Comme tu verras pour le mieux,
Car ie ne fuis point Aftrologue:
Afin que noftre flotte vogue
Iufqu'à bon port auec foulas.
Aufsi-toft d'vn grand-coutelas
Il taille & couppe comme vn braue
Le cable aufsi net qu'vne raue.
Les Troyens tant ieunes que vieux
Se remuans à qui mieux mieux
Y trauaillent comme à la tache,
L'vn crie auale, l'autre lafche,
Tant qu'en moins de rien les vaiffeaux
Blanchiffent d'efcume les eaux.
Mais quand l'Aurore faffranée
Vint recommencer fa journée,
Et laiffa ronfler fon Thiton
Dans la plume iufqu'au mentons
La Reine par vne guerite
Vid qu'Ænée auoit fait faillite,

M ij

Et tous les Troyens à la fois
Fait gilles pour plus de trois mois:
Quand au port elle trouua blanque,
Et les vaisseaux cheris de manque,
Sur sa poitrine elle frappa
Trois ou quatre mea culpa,
Et de déspit s'estant peignée,
S'arracha bien grosse poignée
D'vn poil iaulne comme fil d'or;
Qui soudain fut comme vn thresor
Serré par vne chambriere
Pour le vendre à la Perruquiere.

　Puis elle s'escria dit-on
Comme vn aueugle sans baston,
Quoy mort non? ce traistre m'affine?
Me donne de la gabatine?
Et ie me laisse sans respect
Passer la plume par le bec?
Quoy sans le battre dos & ventre
Je le verrois aller au diantre?
Et n'en tirerois pas raison?
Sus bourgeois hors de la maison,

Apportez des botteaux de paille,
Et leur allez liurer bataille.
Mais que dis-je? & sçay-je ou ie suis?
Quand les cheuaux se sont enfuis
Il est temps de fermer l'estable?
Didon te voila miserable,
Tu le deuois saisir alors,
Auec tes Sergents & recors,
Quand tu le tenois dans tes pattes;
Voyla ce porteur de Pœnates,
Ce crocheteur qui sur son dos
Mit Anchise & ses godenots,
Et sauua ses Dieux domestiques
D'estre bruslez comme heretiques;
Voyla dis-je la loyauté
Qu'il garde auec sa pieté.
Ie pouuois de toute sa bande
Faire vn hachis de grosse viande,
Et toute en pieces & morceaux
L'éparpiller dessus les eaux
Ie pouuois en capilotade,
A l'estuuée, à la poiurade,

Luy faire comme vn faupiquet
Manger Afcagne en banquet.
Que fi quelque bargneux m'objecte
Que l'iffuë en eftoit fufpecte ?
Que diable auois-je à redouter ?
Ie le pouuois dechiqueter,
Pere & fils & toute fa race,
Les bruler comme vne paillaffe,
Dans leurs nauires fi pimpans
A leurs propres coûts & defpens ;
Et i'euffe apres cette brauade
Mis mon corps en mefme grillade.
Dieux qui faites tant de bons coups
Ie n'ay plus de recours qu'à vous
Toy qui dans toutes nos affaires
Mets ton nez pour les rendre claires,
Soleil qui portes vn flambeau
Pour voir tout ce qu'on fait de beau ;
Toy qui m'as dans cet Hymenée
D'vn mari fi mal atournée ;
Et maquignonne du marché
As fait la moitié du peché,

Junon ma meilleure aduocate;
Trio de Deeſſes Hécate,
Toy qui comme vn moine bouru
Par les carrefours as couru,
Et heurlé par trois grandes bouches
Plus haut que cent femmes en couches,
Vous qui des viuans & des morts
Eſtes les redreſſeurs de torts ;
Vous Dieux des moindres decuries
Et vous Meſdames les furies;
Approchez, vous verrez beau jeu
Didon brulante à petit feu,
Qui ſans plus vous rompre la teſte
Vous fait ſa derniere requeſte.
Si cette peſte de deſtin
Meine Ænèe au pays Latin,
Comme il à mis dans ſa caboche,
S'il ne trouue point d'hanicroche
Qui l'empeſche d'aller à bord ;
Faites luy grande chere au port,
(Mais i'entends pardeſſus l'eſpaule)
Qu'on le reçoiue à coups de gaule,

Et qu'il trouue vn peuple ruſtaut
Qui vous l'eſtrille en chien courtaut.
Que dés la premiere campagne
Il enferme ſon fils Aſcagne,
Pour aller chez quelque voiſin
Soubz ombre d'eſtre ſon couſin
Chercher du renforce-potage ;
Et qu'aprés ce pelerinage
Il voye auec vn pied de nez
Ses meilleurs amis eſchinez.
Que quand par vne paix fourée
Il croira ſa vie aſſeurée,
Il ſoit en la fleur de ſes ans
Canardé par quelques payſans ;
Et dans le ſable ſans piaffe,
Sans cercueil, & ſans epitaphe,
Enterré lors qu'il trouuera
Que toute choſe luy rira.
C'eſt là d'vne bouche ſanglante
Le dernier refrein que ie chante.
Et vous Meſſieurs mes citoyens
Exterminés moy ces Troyens.

Traittez

Traittez comme de Turc à Maure,
Auec cette Gent que j'abhorre,
Sans faire auec elle jamais
Ligue, amitié, trêue ni paix.
Vn jour de ma cendre peut-estre,
Comme vn Phœnix pourra renaistre
Vn Capitaine borgnibus
Qui vous les rendra bien camus,
Et nettoira bien sans vergettes
Tous ces grands casseurs de raquettes.
Quand la Gazette de là-bas
Me fera lire des combats
Par qui mon amour soit vangée,
Ma rate en sera soulagée,
Et ie feray payer le vin
Du porteur & de l'escriuain.

    Là son esprit se bouleuerse,
Et ne met plus en controuerse
S'il faut viste quitter ces lieux,
Le grand jour luy blesse les yeux,
Elle se croit lasche & musarde
Quand elle marchande & retarde;

N

Puis elle fait venir Barcé
Qui feu Sichée auoit bercé;
Car quant à sa propre nourice
Elle estoit pieça hors la lice,
Et s'estoit penduë à Sidon;
Perte assez grande pour Didon,
Car autrefois les Demoiselles
N'auoient point d'autres maquerelles
Pour negocier des amans,
Ainsi qu'on voit dans les Romans.
　Va luy dit-elle ma commere
Dire que ma sœur ne differe
A se donner de l'asperges,
Et suiuant nos premiers proiets
D'amener ces pauures victimes,
Qui ne peuuent mais de nos crimes
Encor qu'on leur fasse expier,
Que ie luy monstray des-hier.
Toy resserre tes cadenettes
Et t'en courant de bandelettes
Reuien auec vn chef mitré
De cet escofion sacré

Car enfin me voila bien proche
De couper nettement la broche
A mon chagrin & ma douleur,
En bruslaut ce lit de malheur,
Et terminante ce sacrifice
Qui me rendra Pluton propice.
La vieille dés qu'elle à congé
Court comme un verrier deschargé

   Or la Reine toute esperduë,
Blesme tremblant, & morson duë,
Et roulant des yeux esgarez,
Monta deux à deux les degrez
Du lieu qui fut son dernier gifte,
Et d'vn pas alaigre & fort vifte
Furieuse elle s'y lança;
Sur ce point presque luy passa
De s'occire la fantaisie,
Car la Mort teigneuse & moisie
Luy parut si hideusement
Qu'auec vn humble compliment
Elle auroit pû luy rendre grace;
Mais las reconnoissant la place,

Ou s'estoient faits tant de bons coups,
Baisotant un chevet si doux,
Et voyant la cappe & l'espée
Du Troyen qui l'auoit pipée ;
Plus fougueuse qu'auparauant
Elle mit sa flamberge au vent,
Qu'elle auoit euë en bonne estreine
Non pas pour percer sa bedaine.

    Elle tint vn peu le tacet
Pour songer sous son cabacet
A quelque apophtegme ou sentence
Qui pût tesmoigner sa constance,
Et fût vn sujet tout masché,
Pour faire faire à bon marché
Au premier Historiographe
Son eloge & son épitaphe.
Puis dit auec vn œil pleureux
Lorgnant le lit malencontreux

    Adieu donc despoüille si douce,
Où nous faisions si bien carrousse
Tant que les destins l'ont permis,
Comme nous estions bons amis

Il faut mourir ou viure ensemble,
Qu'en dites-vous? que vous en semble?
Receuez mon ame, & m'ostez
Le guignon que vous me portez.
Grace aux Dieux j'ay malgré l'enuie
Fait grande chere, & bonne vie,
Et j'ay bien le temps mesnagé
Que le sort m'auoit adjugé.
I'ay basti ma ville nouuelle,
Et tant joüé de la truelle,
Qu'il n'y faut plus pour ouuriers
Que des couureurs & vitriers.
I'ay pillé toute la cheuance
De mon frere pour ma vengeance,
Luy vendant plus cher qu'au marché
Le sang qu'a Sichée espanché:
Maintenant je vais sans lanterne
Voir si l'Enfer est baliuerne.
Si j'eusse tiré le rideau
Auant qu'Ænée, & son vaisseau
Eussent abordé ce riuage,
I'estois plus heureuse que sage.

N iij

Puis fourant son nez dans le lit,
Mourons pour luy faire despit;
Vn si beau feu luy fera dire
Peut estre au haut de son nauire
Estant à guigner vers ces bords,
Que ie tuë icy quelques porcs;
Ou que ie brusle sa paillasse;
Mais il apprendra quoy qu'il fasse
Qu'il m'égorge pour son plaisir.
S'il vient vn remors l'en saisir
Dont sa fressure soit rongée,
Ie ne seray pas peu vangée,
Quoy qu'il en soit vangée ou non
Ca ça tuons nous tout de bon.

   Cette Reine peu sanguinaire
Le dit cent fois sans en rien faire,
Mais ce n'est pas à tort qu'on tient
Qu'on chante tant Noël qu'il vient:
D'vne main tremblante & tardiue
En fin vn pauure coup arriue,
Qui si bien se trouue appliqué
Sur son corps de cotte picqué

Qu'à peine presque il l'esgratigne ;
Elle crie ouf, elle rechigne,
Comme un malade qui dit foin,
Fait la mouë & tord le groin,
Torche cent fois ses badigoines,
Quand séné, cassés, antimoines,
Il void prests en un gobelet,
Qu'il faut humer doux comme lait.
Ainsi sur le bord de sa fosse
Didon ne sçait à quelle sausse
Elle doit manger ce poisson;
Et change presque de chanson,
Quand Sathan qui la persecute
Et ne cherche que chappe-chutte,
La voyant preste à rengaisner
La sçût si bien pateliner,
Que comme elle serroit le pouce,
(On dit qu'on ne sçait qui nous pousse)
Il fit tant qu'elle se ferut
Du lardon dont elle mourut.
Tandis ses Suisses & ses Gardes
Dont tels se donnoient des nazardes,

Tels en un coin baguenaudans,
Et tels autres les bras pendans,
Estoient à bayer aux corneilles,
Sentent du bruit à leurs oreilles.
La sentinelle oyant cela
Se met à crier, qui va-là?
On approche, on trouue la Reine
Qui se debat, & se démeine,
Et l'on reconnoist en effet
Le beau chef-d'œuure qu'elle a fait:
On voit encor toute trempée
La main malheureuse & l'espée,
Qui causent son triste trespas,
Et son lit tout neuf de damas
Qu'elle a de son nouueau mesnage,
(C'est grande perte & grand dommage)
Par le sang qu'elle a respandu
Est plein de taches & perdu.
   On crie au meurtre, à l'aide, aux armes,
Tout est plein d'horribles vacarmes,
Le peuple en la ruë amassé
Crie & court comme vn insensé;

Les

Les ruftres & les harangeres
Heurlent comme loups & forcieres,
L'enfant en befle en fon berceau,
Le fage en pleure dans fa peau,
Les Demoifelles en gemiffent,
Les vieillards de peur en fremiffent,
Enfin felon fon ton de vois
Chacun la plaint en fon patois.
Le courtaud à la desbandade
Tend la chaifne, & fe barricade,
Et court en garde aux carrefours ;
Il femble defia qu'aux fauxbourgs
Soient ennemis & fatellites
Venans renuerfer leurs marmites,
Qu'ils foient defia tous fricaffez ;
Et que les palais lambriffez
Auffi bien que les cahuëttes
Bruflent comme des allumettes.

　　Sa fœur Nanon en fe leuant
Des premieres en a le vent ;
Or non feulement elle en pleure,
Mais comme ayant à la malheure

　　　　　　　　　O

Chaque ongle auſſi grand qu'vn ergot
Propre à tirer la chair du pot,
Elle s'en ſert dans cette rage
Pour défigurer ſon viſage.
Puis fait ſonner de tic & tac
Le plus creux de ſon eſtomac,
Que de coups elle martiriſe ;
Et court toute nuë en chemiſe
Et ſans juppe à trauers les chous,
Comme à la preſſe vont les fous.
En moins de quatre cabriolles
Faiſant mille poſtures folles,
Furieuſe elle joint Didon,
Et luy dit bien pis que ſon nom.

   Quoy, tu m'as fait fourbe, dit-elle ?
Vrayment tu me la baillois belle ?
Quand ie t'allois à pas haſtifs
Faire ces beaux preparatifs ?
J'ay donc bien porté la marotte,
Quand j'ay fait de vœux vne botte ?
Et quand tu m'as fait appreſter
Des verges pour me foüeter ?

Croyois-tu donc d'estre bonnie,
De mourir en ma compagnie ?
Tu pouuois me tastant le pous
Faire d'vne pierre deux coups,
Mesme espée & mesme furie
M'eussent mis de ta confrairie,
Ou ie t'eusse fait rauiser :
Il est temps de me reposer
Car j'ay bien gagné ma journée,
De ne t'auoir pas enchaisnée,
Et fait durant quelques faisons
Garder aux petites maisons.
Ainsi dans ce malheur extréme
Ie te perds, ie me perds moy-mesme,
Ta ville, tes gens, tes soldats,
Ablatiuo tout en vn tas.
Ca qu'on m'apporte la terrine.
Que sa blessure ie bassine,
S'il sort encor de son viuant
Quelque hoquet ou quelque vent,
Son odeur fut-elle mauuaise
Ie le veux humer à mon aise.

Ainſi d'vn ton de loup garou
Tant qu'elle eut les bras à ſon cou
Nanon faiſoit ſa doleance;
Tandis que pour toute aſſiſtance
De ſa chemiſe elle torchoit
Le ſang que ſa playe eſpanchoit.
Trois fois Didon leua la teſte
Pour dire qu'elle eſtoit bien beſte
De n'auoir pas encor veſcu;
Mais la teſte emporta le cu,
Et trois fois retomba paſmée,
Car elle s'eſtoit eſcrimée
Tellement de ſon eſpadon,
Qu'il s'eſcouloit à grand randon
De ſon ſang bien plus de palettes
Qu'on n'en tire auec des lancettes.
Ses yeux encor reſuſcitans
Vinrent voir s'il faiſoit beau temps;
Mais quand ſe hauſſa ſa viſiere,
La mort luy ſangla la croupiere,
Et ſon pauure corps abbatu
N'eut plus ni force ni vertu.

Lors Iunon chauffa ſes lunettes,
Et vid de deſſus les planettes
Didon eſtenduë à l'enuers,
Dont l'ame comme de trauers
Dans ſa geolle eſtant eſcroüée,
Si bien qu'elle ſembloit cloüée
Et cramponnée auec ſon corps
Ne pouuoit pas ſortir dehors ;
Et ſe demenoit à la guiſe
D'vn Sergent lors qu'il agoniſe.

Elle fit pour dernier boureau
Qu'Iris la vint voir toute en eau
Pour luy donner le coup de grace ;
Car c'eſt vn axiome en claſſe,
Que Proſerpine en ce grand four
Où ſe tient ſon obſcure cour,
De perſonne ne s'accommode
Qui ne ſoit coeffée à ſa mode.
Mais Didon que le deſeſpoir
Entraiſnoit en ce grand Dortoir
Au lieu d'attendre la minutte
Qu'elle mourut de bonne lutte,

Les cheueux couppez, n'auoit pas,
A la mode des Pays-bas ;
Et n'estoit encor condamnée
Par la voix de la destinée,
Qui s'execute exactement
Plus qu'vn arrest de Parlement.

   Donc de tafetas de la Chine
Iris vestit sa hongreline,
Sur qui par mille faux rubis
Phœbus qui l'entretient d'habis,
Autant de nuances varie
Qu'on en voit sur du poinct d'Hongrie :
Et marcha tousiours si bon train
Qu'elle attrapa Didon au crin,
Puis luy reforma sa coeffure,
Luy couppa trois poils de sa hure,
Qu'au Roy des taupes pour present
Elle offrit sur l'heure en disant ;
Didon te voila fort bien mise,
Or sus va t'en, Dieu te conduise.
Iris aussi-tost s'enuola.
Le corps tout froid demeura là ;

Et son ame auec ses semblables
S'en alla droit à tous les diables.

FIN

www.ingramcontent.com/pod-product-compliance
Lightning Source LLC
Chambersburg PA
CBHW060821250626
47162CB00005B/1896